CONFÉRENCE

DONNÉE

AUX DAMES DE LA CROIX ROUGE

À L'HÔTEL DE VILLE D'ALENÇON

LE MERCREDI 2 MARS 1898

PAR

M. L'ABBÉ L.-V. DUMAINE

CHANOINE-ARCHIPRÊTRE DE LA CATHÉDRALE DE SÉES

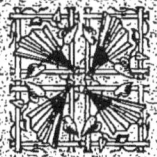

SÉES

TYPOGRAPHIE VEUVE LEGUERNEY-MONTAUZÉ

1898

CONFÉRENCE

DONNÉE

AUX DAMES DE LA CROIX ROUGE

A L'HÔTEL DE VILLE D'ALENÇON

LE MERCREDI 2 MARS 1898

PAR

M. L'ABBÉ L.-V. DUMAINE

CHANOINE - ARCHIPRÊTRE DE LA CATHÉDRALE DE SÉES

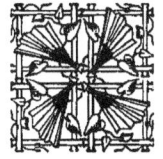

SÉES

TYPOGRAPHIE VEUVE LEGUERNEY-MONTAUZÉ.

1898

IMPRIMATUR :

Sagii, die 5ª Martii 1898.

E. MARAIS,
Vic. gén.

LE *Mercredi 2 Mars 1898, à 2 heures de l'après-midi, les Dames faisant partie de la Société de la Croix rouge pour Alençon, étaient convoquées à une Conférence qui devait leur être spécialement donnée dans la grande salle de l'Hôtel de Ville.*

Ces Dames avaient répondu avec un empressement digne d'éloge à cette convocation et la salle était au complet.

Quelques officiers de la garnison, plusieurs notabilités de la ville, le clergé ayant à sa tête M. l'Archiprêtre de Notre-Dame et M. le Curé de Montsort, avaient pris place dans l'assistance.

Après quelques mots bien sentis de M. Laporte, ancien sous-préfet, vice-président du Comité local de la Croix rouge, et après un intéressant rapport de Madame Louis de Fromont, présidente, sur l'état et la marche de l'œuvre, le Conférencier a pris la parole.

Pendant trois quarts d'heure, au milieu de la plus sympathique attention, il a retracé le rôle de la femme dans la société, dans la famille et à l'ambulance.

C'est pour répondre au désir qui lui a été exprimé, que ces pages voient le jour, afin non seulement de fixer le souvenir de cette intéressante réunion, mais surtout pour en assurer le fruit. Les paroles s'envolent, dit le proverbe, mais les écrits restent.

CONFÉRENCE

DONNÉE AUX DAMES DE LA CROIX ROUGE

A L'HÔTEL DE VILLE D'ALENÇON

LE MERCREDI 2 MARS 1898

PAR M. L'ABBÉ L.-V. DUMAINE

Chanoine-Archiprêtre de la Cathédrale de Sées

Mesdames et Messieurs,

 HAQUE fois qu'un devoir, comme à l'heure présente, me rappelle dans cette bonne ville d'Alençon, ce m'est un réel plaisir, car cela éveille pour moi tout un monde de souvenirs, et, j'aime à le dire, des meilleurs de ma vie. Sans doute là je retrouve mes jeunes années avec le charme qui s'y attache toujours, mais ce que j'aime surtout à y retrouver, c'est l'association de mon existence à tout ce qui remplit le mieux la vie, et lui fait trouver son vrai but.

Jamais, d'ailleurs, je n'ai apporté mon concours à une œuvre sans y retrouver le vôtre, Mesdames ; et que de fois il nous a facilité la tâche et aplani les difficultés ! Et pour préciser les choses en un seul point, d'une application d'ailleurs toute spéciale en pareil milieu, aux jours de l'année terrible, il vous en souvient sans doute encore, Madame la Présidente (1), plus d'une fois, hélas ! j'ai dû précéder le cercueil de nos pauvres soldats, et, à peu près seule parfois, vous le suiviez avec une fidélité touchante ; et, de votre part, ce n'était là que la dernière démonstration d'une série de dévouements dont auparavant vous aviez donné bonne preuve ; j'en puis parler, puisque j'en ai été le témoin et l'auxiliaire.

Messieurs les officiers, ici moins qu'ailleurs je ne puis oublier que j'ai été autrefois des vôtres, et ce sera toujours l'honneur de ma vie. Avec vous, pendant le temps de mon service à l'Aumônerie militaire, j'ai joui de cette franche loyauté et de cette aimable camaraderie qui vous distinguent. Là, mieux que jamais, j'ai compris que la grande force du pays était dans l'esprit de discipline et l'infatigable dévouement de son armée. Aussi, quoi que l'on fasse, son honneur restera toujours intact : c'est le sommet que l'écume ne saurait atteindre.

(1) Madame Louis de Fromont, née Lemyre de Vilers, Présidente de la Société de la Croix Rouge, à Alençon, depuis sa fondation, et pendant la guerre de 1870-1871 remplissant déjà le même rôle aux ambulances de la ville d'Alençon.

Messieurs de l'administration et de la vie civile, plus d'une fois aussi j'ai su apprécier la valeur de votre concours, et j'en salue la personnification dans l'honorable Président de votre Société de la Croix Rouge que j'ai toujours connu l'homme dévoué et obligeant par excellence (1).

Là encore, je retrouve avec un vrai bonheur des confrères qui savent toujours si bien s'associer à tout ce qu'il y a de vraiment français, et dont plusieurs furent pour moi des frères d'armes, si j'ose dire, et qui tous me sont restés les plus sympathiques des amis.

Maintenant, une tâche sérieuse m'incombe ; ce qui m'en vaut l'honneur, c'est en bonne part ce que je viens de rappeler ; je sens qu'elle a pour moi ses côtés ardus, mais pourtant, je tiens à le dire, elle m'est grandement facilitée par les sympathies que je rencontre en ce milieu.

Je l'aborde donc avec confiance, et j'entre résolument dans mon sujet. Mon sujet, d'ailleurs, ne peut qu'être plein d'attrait, puisque c'est vous, Mesdames, qui en faites le fond. Je viens en effet vous parler du rôle de la femme dans la société, dans la famille et à l'ambulance. Si, au cours de cet entretien, ce sujet pouvait perdre de son intérêt, j'en serais évidemment seul cause, et alors je réclame votre bienveillante indulgence.

(1) Monsieur Pierre Romet, propriétaire du Gagne-Petit.

I

Mesdames, on a beaucoup parlé, en ces derniers temps surtout, du rôle de la femme dans la société et on a voulu lui donner une particulière importance ; pour ma part, je l'admets sincèrement, mais c'est à la condition que ce rôle soit compris comme il convient.

Et puisque mon premier but est de vous retracer la règle à ce point de vue, avant tout il importe de bien se rendre compte de ce qu'est aujourd'hui l'état social.

Comme cela a toujours été, dans des proportions plus ou moins accentuées, il se compose tout d'abord de ce que j'appellerai les soumis et les révoltés. Oui, il y a les révoltés contre la part qui leur est faite, pauvres égarés sans cesse prêts à se jeter dans une lutte fratricide, pour se satisfaire en faisant des victimes. Etrange état d'âme où l'animosité des sentiments n'a d'égal que le mauvais équilibre des pensées. Alors, pour ces malheureux, c'est la haine sauvage et farouche contre la société, et cela s'est vu à toutes les époques de la vie du monde. N'y a-t-il alors qu'à pleurer sur un tel état de choses, comme autrefois la première femme quand elle rencontra le corps sanglant et inanimé de la première victime de la jalousie fraternelle ? Assurément ce serait bien peu, et vous pouvez mieux. A côté du mal il y a toujours le remède, c'est dans l'ordre des choses d'ici-bas ; et vous en particulier, Mesdames, vous avez pour cela de puissantes ressources ; je vous le ferai voir tout à l'heure.

D'ailleurs, pour remédier sérieusement au mal, il ne faut pas d'ordinaire attendre qu'il soit arrivé à ses derniers excès, c'est à ses principes qu'il faut le prendre ; on n'endigue pas un fleuve quand il est débordé.

Et pourtant, dans ce conflit qui a toujours partage le monde, mais qui, aujourd'hui plus que jamais, lui constitue un si sérieux péril, laissez-moi vous le dire tout d'abord, votre rôle à vous, femmes, c'est d'être des intermédiaires de pacification. Quand Rome et Albe se prirent autrefois de querelle, ce furent les femmes et les filles des combattants qui emportèrent la victoire définitive : car elles se jetèrent résolument dans la mêlée pour arrêter la fureur de ceux qui en étaient venus aux mains et ramener la paix entre eux. Qui parmi vous n'envierait donc ce rôle, beau entre tous, de pouvoir, chacune pour sa part et dans la sphère de son action, contribuer au rapprochement des classes, à l'apaisement des passions, à l'union des esprits et des cœurs ? Or, n'allez pas croire que ce soit là simplement un beau rêve, non, c'est chose vraiment possible, mais à la condition que vous sachiez accomplir tout ce que vous pouvez et devez faire.

Après ce fond de tableau, où s'accusent davantage les ombres de l'état social dans leur nuance la plus assombrie, j'ai surtout à vous le présenter tel qu'il s'offre dans sa généralité. Là, vous saurez clairement discerner nos périls et vos devoirs.

Un état social se peint d'abord dans les idées et se traduit ensuite par les faits. Or, que voyons-nous à l'heure actuelle ? Au-delà de la surface brillante et polie de certains milieux, comme dans l'agitation tourmentée de certains autres centres, dans le monde des croyants comme dans le camp des incrédules, il y a surtout trois grands courants qui s'accusent et donnent la note de l'état des âmes.

En dehors de certains principes incontestables, ce qui apparaît surtout aujourd'hui comme état d'âme de notre société, c'est le vague des idées, le besoin de jouissances, et, par voie de conséquence, l'ennui, la défaillance, le désespoir.

Grâce à Dieu, nous n'en sommes plus aux sarcasmes haineux du siècle passé. Non, généralement on a des principes, mais tellement oblitérés, qu'on ne sait plus s'en servir. De là ces hésitations et ces balancements de la pensée, de là cette course de la raison à travers de vagues et flottantes théories. Alors, comme le voyageur qui marche à cette heure du jour où le soleil est disparu sans que la nuit soit venue encore, on est là sur le chemin, sans une lumière devant soi, sans une étoile sur sa tête. Nous voyons ainsi se réaliser la prédiction de Fénelon, annonçant qu'il viendrait un temps où les hommes manqueraient plus de raison que de religion.

A cet abaissement des forces de la raison, correspond l'amollissement des caractères ; aussi jamais peut-être le culte du bien-être n'a séduit avec plus d'empire. Voyez de toutes parts, dans la littérature, dans la philosophie, du sein des fêtes, comme par les produits de l'industrie, vous entendez s'affirmer l'Evangile du bien-être, la négation de la souffrance et l'horreur du sacrifice.

Est-ce donc dans de tels éléments que se trempent les fortes races ? De cela on meurt ; du pain et des jeux, c'était le cri de Rome agonisante. Aussi on a pu résumer ses derniers jours dans ces deux mots : Rome mange et meurt.

D'où cette lamentable situation pour un trop grand nombre d'existences, ce que l'on peut appeler l'heure des désespérés. Voilà pourquoi la mélancolie s'empare des âmes, les caractères s'émoussent et défaillent, et comme dernier remède à tant de maux, pour en être la suprême aggravation, le suicide se vulgarise d'une manière lamentable.

Voilà bien, n'est-ce pas, le blessé du chemin, palpitant et meurtri, qui attend qu'on vienne verser l'huile et le vin sur ses plaies saignantes ? Or, n'oubliez pas, Mesdames, que vous ne pouvez rester inutiles en ce monde, car vous avez été placées pour la ruine ou la résurrection de plusieurs. Si vous le voulez, vous pouvez être une lumière pour l'humanité qui s'égare, un soutien pour l'humanité qui tombe, un remède pour l'humanité blessée.

Pour cela que faut-il ?

Donnez de l'essor, de l'activité, du plein à vos vies par le travail, par l'intelligence, par le cœur.

Le travail, c'est la grande loi de la vie ; nul n'a le droit de s'y soustraire, non seulement parce que c'est le châtiment de la race humaine, mais aussi parce que c'est le moyen de concours que chacun doit prêter à l'état social pour sa prospérité. Tout d'ailleurs s'enchaîne dans la vie avec une implacable logique, si bien qu'on a pu dire que c'est le travail qui donne à chacun son droit sur sa part de nourriture. Aussi, quand le Sage veut faire l'éloge de la femme forte, il commence par dire que c'est par un conseil plein de sagesse qu'elle travaillera de ses propres mains (1).

Oui, il faut travailler, et nombre de raisons nous en font un devoir. Il faut travailler pour vivre, même quand la richesse semble nous mettre à l'abri du besoin ; qui sait ce que l'avenir nous réserve? Il faut travailler, pour s'épargner l'ennui, ce visiteur si fréquent pour ces demeures où le travail n'a pas droit d'entrée. Il faut travailler pour donner l'exemple; plus on est élevé dans la société, et plus les obligations s'imposent à tout point de vue. Il faut travailler parce que c'est la sécurité morale de l'existence ; le

(1) Prov. Ch. XXXI, 19.

désœuvrement tient la porte ouverte au désordre. Il faut travailler enfin pour se rendre utile ; il y a tant de pauvres à vêtir, de malades à soulager, de nécessiteux à nourrir, de maux de toutes sortes à guérir.

Quand le bon connétable Duguesclin fut tombé au pouvoir des Anglais, il fixa lui-même sa rançon à cent mille écus ; et comme on lui représentait que cette somme était bien considérable, il se contenta de répondre : « Les femmes de France fileront une quenouille de plus. » Pour racheter notre société captive de tant de misères qui l'oppressent, pourriez-vous moins faire, Mesdames, que de donner à vos vies ce côté pratique, austère et réparateur, dont en bonne partie le travail a seul le secret ?

Des mains je passe à la tête, et je vous dis maintenant : sachez entretenir en vous la vie intellectuelle. Je sais d'ailleurs qu'en cela j'aborde une question toute d'actualité.

Que n'a-t-on pas fait de nos jours pour le relèvement de la culture intellectuelle chez la femme ? Eh bien oui, je le veux bien, lisez, mais aussi sachez bien lire. Ce n'est pas chose en effet si commune que de savoir bien lire.

Un spirituel écrivain a dit quelque part : « Je demande qu'on ouvre modestement une classe, une toute petite classe, où les grandes écolières viendront apprendre à lire, à lire dans les livres, à lire dans les âmes, à lire dans la vie..... dont beaucoup de femmes

aujourd'hui n'entendent pas le premier mot. » (1).
Sans doute ce n'est là qu'une boutade, mais pourtant
il y a beaucoup de vrai dans cette parole.

Est-ce savoir bien lire que de donner en pâture à
son intelligence le roman bohême ou réaliste, quand
bien même certains de ces livres se pareraient de tous
les charmes d'une littérature soignée ? Qu'importe en
effet que la coupe soit d'or, si le breuvage est mortel?
Est-ce savoir bien lire que de confiner son esprit dans
cette littérature de l'amusement, qui ne sait que faire
vivre dans un monde tout de fiction ou de futilités ?
On pourrait lire ainsi beaucoup, mais on peut être
assuré d'une chose, c'est que l'esprit trouvera bien
plus à perdre qu'à gagner. Il faut donc tout d'abord
savoir choisir ses livres, puis y chercher bien plus le
vrai et le bien, que la vaine satisfaction d'un agréable
passe-temps ou d'une frivole curiosité. Le bon livre
est une grande puissance, il nourrit l'esprit, élève les
idées et fortifie les principes. Lisez donc et lisez bien ;
puis croyez que vous ne serez pas seules à y gagner,
car vous saurez encore en faire profiter les autres.

C'est bien de savoir lire dans les livres, c'est mieux
encore de savoir lire dans les âmes. Cette science, elle
s'acquiert comme toute autre science, mais à la
condition d'y appliquer son esprit pour voir clair
dans ceux qui nous entourent. Par là je fais le procès
à ce honteux égoïsme, l'une des grandes plaies de
notre époque, qui ferme tant d'yeux pour les empê-

(1) *La Quinzaine*, n° 55 : Gabriel Aubray, Lettres à ma cousine.

cher de voir ce qui se passe autour d'eux. Il faut savoir lire dans les âmes, pour apprendre à connaître leurs besoins et y porter le secours opportun ; il faut savoir lire dans les âmes, pour connaître certaines de leurs douleurs, et y donner la consolation qu'elles réclament ; il faut savoir lire dans les âmes pour sonder leurs plaies et y porter le remède qui convient. S'il en était autrement, le mot du philosophe payen nous condamnerait : Parce que je suis homme, disait-il, rien de ce qui est de l'homme ne doit m'être étranger (1). De grâce, Mesdames, ne fermez pas les yeux, sachez bien lire dans les âmes, et cette lecture vous donnera ses enseignements et ses encouragements, plus d'une fois elle vous dictera le devoir à remplir.

Enfin, sachez lire aussi dans ce grand livre de la vie, dont chaque jour vous déroule une page nouvelle. Il faut avoir l'intelligence de la vie pour en diriger comme il faut le gouvernement. Après tout, ne l'oubliez pas, la vie ne vaut que par l'usage qu'on sait en faire. Mais on ne sait bien l'utiliser qu'autant qu'on en connaît les ressorts chez soi et chez les autres.

De là ce vieux proverbe : Si jeunesse savait, si vieillesse pouvait. Non, la jeunesse ne sait pas ce qu'est la vie, parce que l'expérience lui manque. Mais pourtant c'est bien ici le lieu de rappeler le mot du poète :

Pour les âmes bien nées
La vertu n'attend pas le nombre des années.

(1) Sénèque.

Quand en effet on s'est mis de bonne heure à étudier la vie, on apprend vite à la connaître, et on l'utilise en conséquence. Et, sans doute, il ne faut pas attendre les années de la vieillesse pour être disposé à agir dans ce sens, car alors les ressources peuvent manquer à la volonté même la mieux disposée. Cependant, il faut le dire, les ouvriers de la onzième heure ont encore leur mérite, et j'aime ce mot d'un vieillard à un jeune homme :

Donnez-moi vos vingt ans, vous ne savez qu'en faire.

Vous n'êtes point de ceux-là, vous, Mesdames, et la vie vous savez la connaître, et vous apprendrez à la connaître de mieux en mieux encore. Pour cela étudiez-la dans ses ressources et dans son but, et vous saurez ainsi lui donner sa vraie direction. Vous aurez ainsi trouvé la vérité sur la vie, vous la sèmerez alors autour de vous, et ce germe portera ses fruits.

Christine de Suède visitait un jour l'atelier du Bernin, à Rome, et elle admirait grandement une magnifique statue de la Vérité, que le Maître venait de produire. — Madame, lui dit celui-ci, à mon souvenir, vous êtes la seule tête couronnée à qui la vérité plaise.—Christine de répondre avec plus d'esprit encore : C'est que toutes les vérités ne sont pas de marbre comme celle que j'admire ! — Mesdames, il y a manière de faire aimer la vérité, apprenez d'abord à la connaître, je ne doute pas ensuite que vous ne sachiez la présenter comme il convient, et vous aurez ainsi rendu un grand service à ceux à qui vous aurez su la faire apprécier.

Mais, qu'est-ce que vous ne pouvez pas encore par les ressources du cœur ? Aussi j'établis nettement le principe en vous disant que quand l'amour du bien prend possession d'un cœur de femme, il y met des ressources infinies.

Par l'ascendant que vous donne d'ordinaire ce mélange de faiblesse et de puissance qui est en vous, que ne pouvez-vous pas pour le bien social ? Une femme qui comprend son rôle à ce point de vue, peut faire des merveilles : elle saura semer la paix autour d'elle, maintenir la concorde, concilier les oppositions, refroidir les colères et réchauffer les affections attiédies.

Comme ces lianes odorantes et fleuries, qui courent d'une branche à l'autre dans les forêts vierges du Nouveau-Monde, pour en faire autant de berceaux impénétrables, ainsi la grâce flexible et insinuante d'une femme prudente et dévouée saura s'enlacer à tous les âges, à tous les caractères, à tous les états de la vie, pour les rapprocher et leur assurer le principe de force qui résulte toujours de l'union. Semblable encore à l'arc-en-ciel, dont les ravissantes couleurs présagent la fin de l'orage, elle saura, par le doux rayonnement de son influence morale, éclaircir tous les horizons et rassurer toutes les craintes. Que vous dirai-je encore ? Comme la harpe de David, qui apaisait les transports de Saül et ramenait le calme dans son âme bouleversée, la femme à la fois douce et forte saura, par ses suaves accents, apaiser les haines, étouffer les rancunes et conjurer les tempêtes.

Tel peut être votre rôle dans la société, il est noble et beau entre tous ; ce sera le vôtre, Mesdames, je vous le demande et je l'espère.

Mais dans la famille, là encore la part qui vous est faite est bien belle.

II

La famille, c'est la société en germe, c'est l'édifice qui abrite les espérances de l'avenir : l'homme est à la base, la femme en est la clef de voûte ; c'est un royaume qui doit avoir ses lois et son gouvernement, la femme en est la reine.

Puisque c'est là votre prérogative au foyer domestique, j'aime à vous le dire, régnez donc, Mesdames.

Régnez d'abord par la bonté, car c'est le plus bel attribut de la puissance souveraine, celui que les chefs d'Etat ne partagent avec personne ; pour exercer leur puissance, il leur faut des aides, mais pour faire sentir leur clémence, il leur suffit de le vouloir.

Quand Dieu créa le cœur de l'homme, dit Bossuet, il y mit tout d'abord la bonté. Et il me semble qu'en cela vous, Mesdames, vous avez eu une spéciale bonne part. Toutefois la bonté, n'allez pas vous y méprendre, c'est tout un ensemble de qualités qui la produisent.

D'abord, la bonté suppose toujours la patience : comment pouvoir faire preuve de bonté sans faire acte de patience dans maintes circonstances? Il y a tant de heurts dans la vie ; à la patience de les atténuer. Il faut savoir au besoin déguiser une antipathie, subir une importunité, agréer un refus, supporter un froissement, une contrariété, une souffrance.

Pour cela encore, je vous dirai avec un sage : « Accueillez vos pensées comme des hôtes, traitez vos désirs comme des enfants. » Point de bonté, si l'on ne sait faire place à la réflexion et combattre le caprice, car rien de moins patient que ce dernier.

D'autre part, une femme célèbre a dit : « Nos peines entrent pour beaucoup dans nos défauts. » Accepter sa souffrance, sans que les autres s'en aperçoivent, c'est encore un des secrets de la patience.

Soyez, en un mot, toujours une fleur, jamais une épine ; soyez un rayon de miel, jamais une amertume ; soyez le rayon qui dissipe les nuages, jamais la tempête qui les assemble : c'est la patience qui vous apprendra tout cela.

Mais sans l'aménité du caractère, où serait donc encore la bonté ? Pour vous, la vie c'est généralement un voyage à deux, et vous savez de quelle importance est l'affabilité dans la vie d'intérieur. Pour le faire comprendre, un spirituel auteur se sert de cette comparaison (1) : « Autrefois, dit-il, avant l'invention des chemins de fer, il y avait les diligences. Nous qui avons vécu, nous nous souvenons des voyages de ce temps. Deux personnes inconnues se rencontraient dans ce que l'on appelait alors le coupé ; on ne se disait pas un mot tout le temps de la route et on se retrouvait à table d'hôte ; on se servait avec politesse, et on remontait en voiture continuer la route en silence. » Eh bien, quand l'affabilité manque dans un intérieur, surtout du côté de la femme, la vie devient alors ce voyage dans un coupé de diligence; on ne se parle pas, on se rencontre comme à une table d'hôte pour se servir avec une certaine courtoisie, puis on continue le voyage avec la même indifférence, jusqu'à ce qu'un jour les chevaux emportent la voiture qui se brise, et les cœurs sont meurtris.

Par votre affabilité, Mesdames, rendez toujours la vie commune une vraie et douce jouissance ; pour cela, mettez bien tout en commun, vos peines et vos joies, vos conversations et vos plaisirs.

Allez plus loin encore, et pour avoir cette bonté qui captive et subjugue, sachez donner du meilleur de votre cœur. N'est-il pas écrit que celui qui est bon sait tirer du bon trésor de son cœur des choses

(1) M⁅ʳ Mermillod, Conférence aux Dames de Lyon, t. I. La vie de famille.

anciennes et nouvelles (1)? Donnez de la reconnais-
sance chaque fois que les circonstances le demandent,
donnez abondamment de votre affection à ceux qui
vous entourent ; ces choses sont vieilles comme le
monde et ne s'useront jamais. Ingéniez-vous à avoir
pour les vôtres de ces attentions et de ces délicatesses
auxquelles on ne reste jamais insensible.

Ainsi comprise, la bonté ne sera jamais chez vous
une faiblesse, loin de là, et elle vous constituera une
vraie force.

D'ailleurs, c'est avec force encore que dans ce petit
royaume de la famille il faut que vous sachiez régner.
Et par là j'entends cette trempe de l'âme qui peut
très bien s'allier avec je ne sais quelle faiblesse native
qui est le partage ordinaire de la femme, et lui
constitue une grandeur à part. La force morale, il y a
longtemps qu'elle vous appartient, Mesdames, puisque
de son temps déjà le Sage pouvait dire : Qui trouvera
la femme forte ? Il faut aller loin parfois pour la rencontrer, mais elle est d'un prix inestimable (2).

La force est cette vertu qui communique à l'âme la
fermeté nécessaire pour supporter ou repousser ce que
le devoir impose. Or, quand le devoir a tracé la voie,
il y faut marcher, quelles que soient les épines qu'on
y puisse rencontrer. Cette qualité n'est pas d'une âme
vulgaire. A vrai dire, elle est la gardienne des autres

(1) S. Matthieu, XII, 35.
(2) Prov. XXXI, 1.

ornements dont la vertu a pu embellir l'âme humaine ;
elle est l'athlète qui se tient aux avenues du cœur
pour y livrer un combat sans trève ni merci à tous
les vices conjurés. La force herculéenne du corps n'est
auprès d'elle que faiblesse. Elle s'atteste surtout par
ce que l'on nomme le caractère.

Voulez-vous mieux comprendre encore, écoutez.
L'héroïque Jean Sobieski, roi de Pologne, était à cheval
pour marcher à la défense de Vienne assiégée par les
Turcs, quand son épouse le regarde en pleurant, et
lui présentant le plus jeune de ses fils. — Pourquoi
pleurez-vous, Madame, lui dit le héros ? — Je pleure,
répond cette mère, parce que cet enfant n'est pas en
état de vous suivre. — Voilà bien la vraie force
d'âme.

Enfin, dans la famille encore, Mesdames, régnez
par l'exemple.

« Qu'est-ce qui prête en particulier à la mère de
famille, a dit Mgr Freppel (1), ce caractère de dignité
qui l'élève au-dessus d'elle-même ? C'est qu'elle offre
dans sa personne l'image vivante du sacrifice ; c'est
que ce nom rappelle un ministère de souffrance, une
vie donnée au péril de la sienne propre, une existence
qui se dédouble en quelque sorte, des jours, des mois,
des années entières enlevées au repos, à la jeunesse,
au plaisir ; des alarmes, des veilles inquiètes, des an-
goisses douloureuses, toutes ces choses enfin que nous

_____

(1) Mandement pour le Carême de 1872, *La famille française.*

environnons du plus grand respect, parce que nous y
voyons le sacrifice à l'une de ses plus hautes puis-
sances. Eh bien, à la place de cette immolation glo-
rieuse, mettez, ce qui se voit parfois de nos jours, les
sécheresses d'une âme qui se perd dans la frivolité,
qui se dissipe dans les ennuis d'une oisiveté ruineuse ;
d'une âme qui ne cherche qu'à se dérober aux soucis
de la vie domestique et à échapper au sacrifice par la
pente du plaisir ; pour laquelle tout devoir est un
fardeau, toute privation un tourment ; et dites-nous
ce qu'il vous restera de cet admirable composé de
grâce et de pureté, de dévouement et d'amour, qu'on
appelle une mère ? »

C'est bien ainsi que vous l'avez compris, Mesdames.
Aussi, loin de moi la pensée de vouloir vous l'apprendre ;
j'ai tenu simplement à vous le rappeler, afin de vous
encourager de mieux en mieux à ce rôle si noble et
si utile fait à la femme dans la famille.

Il ne nous reste plus qu'à vous redire quelque chose
de ce que vous devez être à l'ambulance.

III

Monseigneur l'Evêque d'Orléans, parlant dernière-
ment à Rouen à une réunion de l'Œuvre de la Croix
rouge, développait ce thème : « Il faut adoucir la
guerre. » — La guerre, quel terrible fléau ! L'éviter,

serait la perfection ; mais du moins, puisqu'elle entre dans l'ordre des choses d'ici-bas, l'adoucir est une grande et belle chose. Par l'Œuvre de la Croix rouge, Mesdames, vous n'avez point d'autre but.

Quand la poudre a parlé, comme l'on dit, et que ses premières victimes sont là tristement étendues sur le champ de bataille ou dans quelque recoin solitaire, attendant le secours qu'appellent les lèvres de tant de plaies béantes, c'est alors que votre rôle va battre son plein, si je puis dire. Mais il doit même devancer cette heure, pour que vous soyez plus aptes à en remplir toutes les exigences. Tout cela, en effet, demande d'abord l'étude des divers détails de ce rôle, cela d'ailleurs ne peut que mieux exciter tous vos dévouements, et pour tout résumer, laissez-moi vous le dire, à l'ambulance il faut que vous sachiez tenir la place des mères absentes.

Quand on veut être propre à remplir une fonction, il faut commencer par en bien connaître toutes les obligations. Or, on ne s'improvise pas dame d'ambulance, aujourd'hui surtout que les progrès matériels ont donné à votre œuvre une organisation très belle, mais assez complexe. Vos comités ont coutume de se répartir en diverses fractions, qui chacune ont leurs attributions très déterminées et d'une réelle importance pour la marche de l'ensemble. Que chacune de vous donc se tienne bien dans la part qui lui est confiée, qu'elle se pénètre de ce qu'elle lui impose, et qu'elle s'en acquitte avec intelligence et bon vouloir.

Dans l'Œuvre de la Croix rouge les services sont multiples. Il y a les ressources à trouver, et assurément ce n'est pas la mission qui exige le moins de bonne volonté et de savoir-faire. Il est vrai que vous avez en cela à toucher l'une des fibres les plus vibrantes du cœur français, celle du patriotisme ; mais quand il faut renouveler cela chaque année, ce n'est pas sans mérite, autant, je dirai, pour celle qui sollicite le secours que pour celui qui l'octroie. Il y a ensuite la tenue du matériel de l'ambulance, et là vous êtes absolument dans votre élément. Aussi que de détails assez minutieux sollicitent vos soins pour que tout soit bien en règle, selon que les règlements l'exigent pour la bonne tenue d'une ambulance ! Et quand bien même tous ces détails ne passeraient pas par vos mains, il y a la répartition à faire et la surveillance à exercer.

Si ensuite du matériel, nous en venons au personnel, voilà surtout ce qui réclame tous vos soins.

J'ai vu un soir de bataille ; quel navrant spectacle ! Le souvenir m'en restera bien tant que je vivrai. Au loin le canon grondait, la fusillade crépitait, c'était pour nous l'angoisse. Mais ce qui d'instant en instant l'aggravait encore, c'étaient les blessés du combat qu'on nous apportait râlants ou horriblement mutilés. Eh bien, Mesdames, sans flatterie, cela m'a fait comprendre ce mot de l'Ecriture : Où la femme n'est pas, le pauvre et le malade gémissent (1). Oui, malheur au

(1) Eccli., XXXVI, 27.

blessé qui n'a que des mains et des cœurs d'hommes autour de ses douleurs. Sans doute l'infatigable dévouement de nos médecins, là comme toujours, faisait l'impossible pour porter secours aux blessures les plus graves. Mais ce qu'ils avaient commencé, c'était à nos admirables religieuses et aux dames de l'ambulance de le poursuivre et de l'achever. Hélas! en ce temps-là on connaissait à peine les ressources merveilleuses de l'antiseptie, ou du moins on n'en avait point les moyens. Aussi ai-je vu de simples blessures à l'un des doigts de la main amener plus d'une fois la mort, par suite de la gangrène. Pauvres chers enfants, combien j'en ai vu ainsi partir pour le grand voyage d'où l'on ne revient plus. Aujourd'hui, Mesdames, vos soins les garderaient à la patrie et à leurs mères.

Mais pour cela encore, vous le pensez bien, n'est-ce pas? il faut plus que les soins matériels, il faut ce vrai dévouement qui va plus loin que le corps, et sait atteindre l'âme. Relever et soutenir le moral du blessé, quelle belle œuvre! Quand l'âme est défaillante, comment un corps meurtri pourrait-il se relever? Lorsque le souffle de la tempête a passé, souvent il suffit d'un rayon d'en haut pour ranimer certaines fleurs et les relever. C'est bien cela aussi pour l'homme, n'en doutez pas : un rayon du cœur lui redonne la vie.

A Bac-Ninh, au-delà d'Hanoï, nos troupes s'étaient heurtées aux Pavillons noirs et aux réguliers chinois ; l'affaire fut chaude. Le service de secours s'organise, et une sorte d'ambulance volante est dressée non loin du champ de bataille ; on apporte les blessés, une trentaine de malheureux atteints plus ou moins grièvement. Quelques projectiles arrivent encore jusqu'à cet hôpital improvisé. Tout à coup, au milieu même de l'ambulance, un obus s'abat ; le moindre choc, la plus légère pression peuvent le faire éclater : c'est la mort pour la plupart de ceux qui sont là. La Sœur de l'ambulance l'a compris. Avant qu'on ait pu deviner sa pensée, elle s'est baissée, a saisi entre ses bras le dangereux engin, et, le tenant appuyé contre sa poitrine, elle va le porter à cent mètres de là. Avec des précautions infinies elle le dépose sur le sol, mais pas assez doucement cependant pour l'empêcher d'éclater ; elle n'a que le temps de se jeter à terre et reçoit une blessure à la tête. Puis, la première émotion passée, elle se relève et s'écrie : Allons, les enfants, je ne suis pas morte, ce n'est rien (1) ! Vous pensez, si avec un si cordial encouragement, le moral du soldat sait se soutenir. Voilà quel peut être le rôle d'une femme à l'ambulance.

Sans doute, Mesdames, ce n'est pas dans de telles conditions que vous aurez à le remplir ; mais, du moins, près du blessé, quand il le faudra, ayez toujours l'entrain qui relève et la parole qui soutient. C'est bien de verser sur des plaies le vin qui les cicatrise, mais c'est mieux encore d'y ajouter l'huile qui

(1) *La Quinzaine*, n° 56 ; M. Arthur Dujardin, de l'Institut, dans son article *Dieu et la Patrie*, cite ce trait emprunté à l'ouvrage de M. J. Legoux, *Pro Patria*, p. 106,

les adoucit et amène plus sûrement leur guérison. Gagnez le cœur du soldat blessé, et vous aurez beaucoup fait pour lui assurer la vie. Le premier Consul disait à Joséphine de Beauharnais : « Je ne gagne que des batailles, mais vous gagnez les cœurs. » Que ce soit bien votre rôle à l'ambulance.

Aussi bien, en quoi se résume ce rôle, si ce n'est à remplacer, autant que possible, les mères absentes. Aussi, mon dernier mot, c'est de vous dire : à l'ambulance soyez de vraies mères.

Aux jours de la guerre de 1870, une femme en deuil entrait dans une ambulance de la frontière de l'Est, et, après avoir distribué de nombreux secours aux soldats blessés qui s'y trouvaient entassés, elle se disposait à se retirer, quand la religieuse, préposée à la garde de cette ambulance, lui dit : — Madame, veuillez donc au moins me dire votre nom, que je puisse l'inscrire au registre de l'ambulance. — Mais cette noble femme se contente de lui dire : « Ma Sœur, inscrivez : une mère ; cela suffit. J'avais un fils, les Allemands me l'ont tué ; j'ai apporté à vos blessés ce que je lui destinais. (1) »

Voilà le dévouement de la mère, et la discrétion de la chrétienne et de la française.

C'est ainsi que vous saurez le comprendre vous-mêmes, Mesdames. Aussi, vienne le jour, si les événe-

---

(1) Ce trait est cité par M. l'abbé d'Ezerville, dans un de ses opuscules.

ments le veulent, où de nouveau le sang de France viendrait à couler, comme disait autrefois Jeanne d'Arc, vous aussi vous sauriez avoir pour nos soldats blessés l'infatigable dévouement, la pieuse délicatesse et la tendre charité d'une vraie mère. En voyant les blessures de leurs fils, vous penserez à celles qui sont absentes, et dans vos âmes naîtra cette maternelle compassion, qui donnera une double efficacité à tous vos dévouements.

Après cela, que pourrai-je vous demander davantage, puisque, en donnant de votre temps et de vos soins, vous aurez surtout su donner du meilleur de votre âme.

Mesdames, quand la vie est comprise comme je viens de vous le dire, peu importent les événements qui se la partagent, puisque le devoir est ce qui la guide et la remplit. Mais le devoir, il faut l'aimer partout où il s'impose, et pour vous, le devoir, il a sa personnification dans la société, dans la famille, et parfois près du soldat blessé. Ayez à cœur ces trois causes, vous ferez de grandes choses, parce que vous ferez vraiment le bien.

On demandait un jour à un Anglais quel était le génie de Wellington ; il répondit : Du génie, il n'en avait pas ; il avait seulement l'amour de son pays et de son devoir.

C'est vrai, tout est là, vous saurez le prouver une fois de plus en vous mettant bien à l'œuvre pour les trois nobles causes que je viens de plaider devant vous.

Donc, pour la France, pour ses foyers, et pour leurs défenseurs blessés, donnez de vos dévouements et de vos vies, c'est la plus noble et la meilleure des charités : tout le reste passe, cela seul demeure et porte son fruit.

www.ingramcontent.com/pod-product-compliance
Lightning Source LLC
Chambersburg PA
CBHW061614180626
46818CB00005B/2065